脆响录

商震 著

中国人口出版社
China Population Publishing House
全国百佳出版单位

弃我而去的人我不会再原谅他
我割舍掉的人已经被我忘却
从少年到老年是不断滤去泥沙的水
最后只剩一汪清亮的孤独

钟表的时针每天转两圈
岁月就老去了一天
钟表不管人间的春秋变换
却抱怨每天都重复着无趣的工作

我把手指向天空
是没有任何想法的动作
而一只蜻蜓惊恐地落到手指上
用透明的翅膀遮住了我手指的方向

心死了
我用肉体活着
像一块朽木
不理会春风来与不来

云低得就要压着头顶了
我把手伸向更低处的酒杯
不能双脚离地任性地跑
就借二两酒精帮我飞一会儿

失眠成了我的职业
我每天迎着旭日伸懒腰
张大嘴巴晾晒舌苔
顺便向太阳告发夜的罪恶

老虎在新闻发布会上说
它一向是素食主义者
牛羊等食草动物都在替它吃草
它吃牛羊就是在吃草

我推开窗户时雾霾就涌进来了
我使劲推雾霾时手却被吞噬了
雾霾肆虐天地时
人的力量就无效了

看一片白桦林
白白的树干上长着许多黑斑
有人说那是白桦树的眼睛
而我冒失地说那是老年斑

来到一个陌生的城市呼吸的空气是旧的
点亮陌生房间的灯光是旧的
我一直要做一个崭新的人
可那些看我的目光都是旧的

刷牙时顺便在镜子里看了看舌头
这个被我用来说废话的东西
今晚竟然很柔软
像一叶兰草或者一片玫瑰花瓣

当良知被阉割之后
我低声说了一句恶狠狠的诅咒
话一出口我就惊恐地望天
生怕苍天也会成为告密者

睁开眼睛就能看到墙
各种各样的墙是各种各样的恐惧
百里长墙是百里长的恐惧
三米高墙是三米高的恐惧

头发白了我还是我
不敢喝酒了我还是我
不问人间世事了我还是我
不再爱了我是另一个我

序一：

水火之间

——读商震诗集《脆响录》

林 莽

我用书中第 22 首的这几个字作为本篇短文的题目。我以为我抓住了问题的根本。如果作者不是一个在水火之间煎熬过的人，就一定不会写出这样一本有意味的诗集来。

写这篇短文时，我们正处在一个极端特殊的时期。在这里，我不想说突如其来的疫情，不想说白衣天使，是的，是有许多无私的奉献者在拯救广大的生灵于苦海。而我想说，如果我能站在地球之外，不，或者说你能用俯视蝼蚁的方式，观看一个 14 亿人口的大国，所有的人，在同一天，被一种病魔堵在了屋子里，许多人挣扎在死亡线上，失去了父母、孩子或亲人的人，在绝望与悲鸣中仰望着无尽的空茫……而其后，接踵而来的是心灵的、社会的、经济的、文化领域的，许许多多的未知与可能在等待着这些饱受心灵磨难的人们，这无疑是一场无序、惶恐、打乱了惯常生存秩序的罹难。我们束手无策，我们不知道如何安抚这无序的蚁群般的人间。

在经历了最初的慌乱之后，人们郁闷的内心都聚集了想一吐为快的情感冲动，有许多人开始动笔写作，那些随感、记录、质疑、猜测、臆想汹涌而来，它们有多种类型，它们或质朴、哀伤、怜悯、同情，或幽默、嘲讽、愤怒、哲思，它们让人目不暇接。在这个有着上千年诗歌传统的国度，我们同时也看到了许许多多分行的文字。德国学者阿多诺有一句名言“奥斯维辛之后，写诗是残忍的”。但语言的洪流永远是芜杂的，能站在阿多诺那样高度的诗人寥若晨星。是的，所有的人都有表达自己的自由，但是诗要求诗人自我审视和他人的审美判断。

我想，也许我们应离横亘在面前的灾难再远一点，才会鸟瞰到它的全貌。也许那时你会有更多的视角，令诗歌更贴近现代艺术的本质。现代诗歌不是纵情的产物，不是分行的散句，它是生命经验与文化经验的结晶。

我认为《脆响录》是一本生命感知沉淀后的诗集，由于它的明澈和包容，即使在这样纷杂的心境下，也能让我静下心来感受、回味与品读，并在五味杂陈中分享与之会心一笑的审美通感。

读这本诗集，让我自然而然地想到了两位亚洲的大诗人——泰戈尔和纪伯伦。我记起了《飞鸟集》《园丁集》《新月集》，甚至还有《吉檀迦利》，当然还有《先知》《沙与沫》。但《脆响录》与它们不同。

泰戈尔沉静中隐秘的高贵，萦绕在语言

中的，无处不在的神性与美感的力量，让我们终生为之向往。而纪伯伦希望中的温情，冷峻中的哲思，悲悯中的诉求让我们更直接地感受到了生的理想与渴望。这两位伟大诗人在诉说时，心中都有一盏不灭的灯。

一百年过去了，这是尼采在《查拉图斯特拉如是说》中说“上帝死了”的一百年，是人类经过“一战”和“二战”的一百年，是人们走向工业化和现代电子化的一百年，也是人类艺术经历了从古典主义走向现代与后现代七上八下的一百年。

一个诗人，如果在作品中没有在字里行间体现这一百年的动荡与蜕变，那他的诗就可以不读了。当然，我不是说你必须要先锋与现代，你必须要抛弃信仰和传统，而是说，你只有将这些贯穿起来，敬畏并切实地接近古往今来的文化经验，你才是一位有可能写出一些有意味的文字的诗人。

我之所以用“水火之间” 四个字作为这

篇短文的题目，是因为我认为商震是经过了某种历练并认真面对现代艺术蜕变的人，因而他的这本诗集中写出了有这个时代特色的体验与感受。

尽管我们经历了辛亥革命、抗日战争、中华人民共和国成立、“文化大革命”、改革开放，我们与世界同样在社会政治和经济文化上都经历了人类几千年来变革最迅猛的一百年。但作为一个诗人依旧不会遗忘那些最根本的艺术精神和文化传统，同时在否定与继承中，站在自己所属的时代里发出他本应发出的声音。

“上帝死了”，许多事物与文化精神被无情地涤荡，但它们并没有消亡。我们所处的时代，不再是泰戈尔和纪伯伦的时代。在地球小得如一个村庄的时代，你到底用虔诚的心灵体会到了什么。

对既定“真理”与神圣领域的诘问与反思；对经历过的人与事的调侃、反讽、诙谐与幽默；弱者合理的恐惧与面对歹徒逻辑的无能为力；接受命运的安排但不以宿命的方式去承受的多向度思考；现实生活中爱的丧失、对自我的质疑、否定与失望；典雅、高贵、理想、信仰憧憬极致后的止步与消泯；对一个普通人而言，在世俗生活中是从容地失去，还是麻木地死亡……

总之，面对现实，面对世界的必然与偶然，面对现代主义艺术之后的失落与尘埃中的生活，诗人不甘做说谎者、献媚者、人云亦云者，不甘做一个陀螺一样的被驱赶的无中生有者。这些就是我在这本《脆响录》中所读出的。

我曾为商震的另一本书《谁是王二》写过一个短评，开头有这样的话："商震的诗是熟悉的，我以为他的诗有两个特点—— 一是好读，但内涵并不简单。他用口语的方式写作，每首诗中都体现着心灵的机敏和独有的体验和发现。二是简洁语言背后的驳杂与丰富。他将生活的体验和文化的经验，用灵动而直接的语句呈现给读者。他的作品涉及多方面的社会生活和人生的体验与感悟，都是源于现实、根植于生活的。”《脆响录》中这些特点还在，但比以前的作品更为深入、达观与释然了。

祝贺《脆响录》的出版，我相信它一定会得到行家的赞赏和读者的喜欢与热爱。

2020 年 2 月 22 日

序二：

在这样的孤绝时刻

路 也

像《皇帝的新装》里的那个小孩直接说的“可是皇帝什么衣服也没有穿呀”一样，商震写了230段大实话，一口气说了230段类似“可是皇帝什么衣服也没有穿呀”这样的又真又傻的话。这230段大实话，其实是230首短诗，每首四行。230首四行诗，拼贴在一起，取诗集名曰《脆响录》。这个总标题，使我想起小时候玩过的摔炮，那是一种一摔就炸的小爆竹，状如蝌蚪，不需要点燃，只随便那么一扔一摔，就发出“劈啪”的爆炸声，脆响脆响的。我想，这本诗集，大约就相当于这么一袋子摔炮吧，内含230粒，每支都可以摔出脆响的动静来，把毫无防备的过路人吓一跳，好在比较安全，造不成伤亡。“可是皇帝什么衣服也没有穿呀”，这句话就像在人群里扔了这么一个懵懂的摔炮，把大家吓了一大跳，使那些游行者和观众感到既无奈又好笑，最后总归还是兴奋和欣慰的吧，总算有人替大家说出了真相，心中那块狐疑的石头终于落了地。

我们关心的其实应该是，这 230 段大实话，是如何成为诗歌的呢？

有人写十四行，有人写四行。对商震的这 230 首短诗，我想自作主张，送它们一个未经深思熟虑或许并不符合学理的名称——四行现代自由绝句体。这个集中的每首诗，都没有标题，而只是带着阿拉伯数字的编号，颇类似于某些音乐标题诸如钢琴奏鸣曲第多少多少号，也类似于某些绘画标题诸如人物第多少号、风景第多少号，这使得作品在立意上更具有了开放性。

这里面的每首诗都属于一个特定的“孤绝时刻”，这是一个又一个里尔克式的“严重的时刻”，诗人的感知被高度浓缩进一个又一个“四行”里，把在生存中积攒的怨气——毫无疑问属于一些负能量——统统都转化成了丰盈的甚至是迷人的正能量来爆发。这里说到怨气，绝无贬损之义。在这里，每首诗都是一种碎片化的呈现并且相对独立，而一旦将这230首综合在一起，在拼贴中产生出平衡效果，有一个完整人物形象还是不可避免地渐渐凸显或者说被塑造了出来：这是一个从世俗炼狱里挣扎着飞升并涅槃的中年男子形象，由于突然发现世界的冷酷、荒诞的真面目而感到痛苦、迷茫、恐惧、孤独、讶异、沮丧，然而很快他又自卫般的转入反讽、顿悟和镇静，从无所畏惧过渡到知晓人之局限，最终可喜可贺，智慧的自省将他推向了更辽远的精神之巅。

在这里，每首诗都是情境化的，是一个小小的舞台，每四行文字都像一个微型剧本。那个站在聚光灯下舞台中央的主人公并不是一个周吴郑王的人，他身上有一股子天真的邪气，生机盎然的莽撞，其正义感与破坏力相当。在这种四行诗句的简洁形式之中，前两行诗往往是一幅并不排除优美感的画面，允许情绪的高压电流途经而过，其诗的机制强大到不被烧毁，而是将这情绪成功地转变成了智性，于是后两行诗则往往成了接近格言、箴言和座右铭的句式，有的则干脆接近预言，用含混不清却是生动可靠的方式发出原生态的预言甚至带有挑衅性和侵略性的预言。就这样，从表现手法、思维逻辑和语势上来看，前两行似乎是一个摔的动作，后两行则引爆出了脆响。毫无疑问，在这些每首仅仅只有四行的短诗里面，也有着始于愉悦终于智慧的方向性。

当把这 230 首四行诗当成一个整体来观看的时候，其内部恰好同时具有了 T.S. 艾略特所认为的诗歌的三种声音：第一种是诗人的独白，第二种是诗人对读者说话，第三种是诗人借用他创造出来的人物在说话——这三种声音归根结底都是诗人自己发出来的声音，只不过表现角度不尽相同。在这 230

首诗中，有的诗，四行全是独白；有的诗，前两行似乎在独白或者似乎不对任何人说话，而后两行则仿佛成了对着读者讲话；当然还有像第 106、第 133、第 143、第 180、第 213 首那样的，诗人明显在借着诗中他虚构或特意安置的人物（事物）之口在说话，属于第三种声音。正是这样至少包含了三种声音的语调构成，使得这 230 首诗作为一个整体，呈现出语感上的参差和活泼，从不同角落吸引着注意力。

这些四行诗所使用的最基本手法是隐喻，而且大都是自然隐喻。诗人做了这样一种尝试：通过使自然风物与人性发生有意义的联系来定义并解释人性，同时把诠释人类生存悖论的任务和拓展精神地平线的责任放到了自己的头上。诗人从大自然之中发现了人的情感，同时也从人的情感里发现了大自然。这里的每首四行诗，都直接或间接地涉及自然，而诗人的目的并不是摹写自然本身，当然更拒绝托物言志借景抒情，诗人的最终目的是通过“自然”这个媒介来开辟出一条通向“真理”的路径。这些自然隐喻都来自个体经验，来自观察、冥想和记忆，来自将观察、冥想和记忆忘却之后又沉淀下来的意识和潜意识，那是许多个有意味的瞬间和刹那。诗人在进入写作时显然又对这些自然风物以及当时心理状态进行了重构和变形，以期让大海、礁石、鸥鸟、云、暴雨、大雁、风、落叶、菊花、群山、银河、月亮、鱼塘、阳光、白桦林、蚂蚁、冬夜、蜡梅花等自然风物超越它们自己那可看得见的有限性，进而成为无限的一部分。其中很多诗，运用各种各样的自然隐喻表达了对社会丛林法则盛行而正义和幸福遭到破坏的忧虑。还有一部分诗是对物质时代人类命运的思索，比如，第 108 首，诗人认为鸬鹚因被当成捕鱼工具而失了自然本性就不再是鸟，由此联想到人的被控制的命运，认为这样的人和鸟都只是器具而已，这里旗帜鲜明地对于异化进行警示，似乎可以印证康德那个著名的论断：“人是目的而不是工具。”第 7、第 113、第 115 首，都是以大自然中的鸟类为参照物来观人类，感慨人类爱情中夹杂的阴谋。第 151 首，在宣纸上用黑色墨汁画一场白雪，当诗人意识到必须以黑来表现白的时候，竟不敢下笔，为这样的世道诡异感到不寒而栗。第 136 首，写白鹭已经飞过去了，而它把灰蒙蒙的长天切出来的那道伤口却留在人的头顶上，这一首或许能引人联想到泰戈尔的那句“天空中没有翅膀的痕迹，而我已经飞过”，二者的诗意方向恰好是相反的，算得上异曲同工。

另外，语境重置及语境重置之下的代码混合、多层叠加，又使得这些诗歌具有了鲜明的现代性。在这一批四行诗中，诗人擅长把某个熟悉的图景或者意象放置到一个崭新而陌生化的符号系统之中，以此来改变那个熟悉事物原有的含义，同时对符号系统形成戏仿或反讽，由此构建出所谓诗意来。这种语境重置使得两个或两个以上相距遥远的平凡事物之间忽然建立起了新联系，产生出了新含义，通上了新电流，于是有机地产生出了意想不到的惊奇之效。这样的诗意一旦产生,无论读上多少遍,它都在原地,不会消失。

写作《脆响录》的过程，一方面，对于诗人，想必有着为让真相裸露而把窗纸一层层捅破的快感：“可是皇帝什么衣服也没有穿呀”，体现了自由意志的强劲和直面惨淡人生的勇敢；另一方面，才是最重要的，这个写作过程也是诗人自我救赎的过程，诗歌有一条既严守秘密又泄露秘密的通道进入人的灵魂和意识的最深处，使痛苦升华并得以放射出光辉——从这个意义上讲，诗歌拥有特权，而且比其他任何一种艺术形式都拥有更大的特权。最后必须要说的是，对于可以使用这个诗歌特权的人来说，这是上天的恩典。

2020.2.25 济南

001

有人说纸里包不住火
那一定是俗世的纸
我看到写满诗的纸上
都藏着熊熊火焰

002

一片枯叶在半空中飘啊飘
难道它是在做蝴蝶的梦
露珠浮在草叶上
初升的太阳大大方方进入露珠的梦

003

露出海面的那块礁石
风浪用多种方式击打
它就是不动声色
声色是感情而礁石没有

004

东海岸和西海岸见不到面
可水底下的土地
是连在一起的
多像一场隐秘的爱情

005

一条鱼对着鱼鹰的影子
张大嘴巴啄了又啄
好像这样也算是复仇
复仇的欲望让鱼浑身是刺

006

刷牙时顺便在镜子里看了看舌头
这个被我用来说废话的东西
今晚竟然很柔软
像一叶兰草或者一片玫瑰花瓣

007

乌鸦的嘴总是被冤枉
它在求婚时
会和人一样对配偶说
“我爱你”

008

秋菊的花期并不长
可它傲慢的姿态
好像举着的不是草本的花
而是一坨黄金

009

睁眼就能看到群山之峰的人
自己就是太阳
看不清自己的人
自己的睫毛就是阳光的杀手

010

每一本书都是魔鬼

要么你征服它或者被它征服

不过你不打开书

书是不会主动伤人的

011

大海是个顽皮的孩子
给它讲哲学道理
还是读诗歌
都改变不了它的游戏精神

012

深秋的树叶红了
那是叶子用了最后一点血
红过之后
就是黑黢黢地腐烂

013

传说万圣节的夜晚

鬼会回到人间

而我看到的

都是人类戴着面具装鬼

014

粮食贡献了血
才有酒
爱喝酒的人都懂
酒是补血的

015

大海的内容不是简单的水
是水与岸的纠葛
是水与水的内部争斗
还有此时我看海的心情

016

雪还没准备降落
大雁就急匆匆南迁
这些不愿忠诚故土的家伙
却常常接受人们的赞美

017

花儿都绚烂了
春风还不依不饶地吹
而花丛中的一块石头
并不为所动

018

看到一朵花落到地上
是舞蹈着飘落的
我认为花落到土地上
是回到出发的故乡

019

整过容的人
像反季节的蔬菜
总觉得埋藏着
什么风险

020

把思想家和英雄
用蜡固定在蜡像馆里
他们的身姿和表情不再变化
也不让他们再有思想和再显身手

021

失去花期落尽叶子的荷
只能向水低头
连印在水面的影子
都是一只不能飞翔的鸟

022

依水而居

用火煮食

火离不开水

人就生活在水火之间

023

一把闲置许久的老茶壶
浑身布满时间的锈
偶尔听到附近有风声水动
壶内的空气也会出来看看热闹

024

千眼佛把人间的
善恶美丑都看到了
他只是坐着看
扬善惩恶的事却不管

025

房檐的雨水像瀑布一样
突然觉得我是山洞中的神仙
用奔泻的水与世间的杂尘隔绝
雨停了我又恢复了肉身

026

风不动云也不动
月亮像是被画在天的幕布上
这一切的静止
并没有影响月亮老去的脚步

027

这阵风太狂妄

毁坏那么多美好的事物

我正咬牙切齿时

看到风贴着一棵大树倒了下去

028

雨落在我身上
水就死了
落进河里
就要改名换姓

029

墙倒了
生长在墙两边的植物
混合在一起生长
很快就忘记曾经有堵墙

030

熟读历史像得到了一把好枪
我转身去瞄准历史
这个时间和真相的证物
扣扳机时发现手中是一把玩具枪

031

参加一个国际诗歌交流会
我听到一半就离席了
不是早退而是听不懂
我不允许自己不懂装懂

032

水很温柔遇到一棵树就转弯
水很倔强会把顽石击穿
会转弯的水与穿透石头的水
并不是同一种水

033

一把刀的真实想法

人类并不了解

但是刀却愿意逆来顺受

做人类的帮凶

034

一场雪把大地覆盖了
崭新的世界像人类还没有诞生
几只觅食的乌鸦把雪层扒开
洁白中不会有果腹的食物

035

风光了一阵子的树叶
落在地上就完成了一生
有些野心未死的枯叶
随着风在空中学燕子的飞舞

036

那么好的月亮圆着圆着就缺了
那么白的荷花开着开着就枯了
那么锋利的刀刃闲着闲着就锈了
那么豪迈的语言说着说着就假了

037

不能同时把眼泪流进银河
就不配称作相思
那些因拉不到手的思念
是肌肤焦渴的意淫

038

头发白了我还是我
不敢喝酒了我还是我
不问人间世事了我还是我
不再爱了我是另一个我

039

心死了

我用肉体活着

像一块朽木

不理会春风来与不来

040

一些枯死的树叶在风中欢快地舞蹈
看上去比活在树上还要快乐
而风来到人间的意义
有一半是为了舞动枯叶

041

不到 20 岁我就有了抽烟的陋习
多年来不断地有人劝我戒掉
可是四十多年来
我一直是从陋习中获得快感

042

用笔蘸着墨汁一样的夜
写白天的经历
给这个黑白分明的世界
留下有力的证据

043

不愿结籽的花挣脱树干落到地上
毅然决然地与树脱离了关系
我毕恭毕敬地向落花敬礼
像对那些旧事中已忘却的人道歉

044

我从来不敢轻视饥饿
因为一切生命
与生俱来的就是饥饿
我说的不是肉体

045

一个年轻人说要为爱而活

而我对年轻人说

如果没有敌人

我活着就没有意义

046

一个写诗的人
不断地找机会放大自己的声音
他心里装的是自己不是诗歌
他怕当下的人不承认他是诗人

047

朗诵会上有人读我的诗
读出来的并不是我的本意
我在文字中藏着的我
是谁也读不出来的

048

你听到美妙的音乐
是你心里怀揣着美妙
让你生死相恋的人
是你把自己的生命给了那个人

049

我焦急地走

要去一个陌生的地方

可走的每一条路都很熟悉

哦　我迷路了

050

我一直在使用别人的时间
上班下班吃饭睡觉
偶尔找到一会儿完整的自己
也仅够向自己道歉

051

婚外恋是一种很疼的病
打麻药也没用
只能四处找药方
不断地自讨苦吃

052

这纷乱的雨
裹挟着空中的尘埃
弄脏了我们的身体
却摆出一副洗礼的架势

053

天黑成一坨墨

风都找不到狂欢的方向

我在慌张地四处寻找

自己的影子

054

一个人走向雪原的深处
就像一支蘸墨的笔走在宣纸上
要么让雪原生动
要么把宣纸弄脏

055

大雨淋湿了我的全身
我依然不紧不慢地在路上走
一些躲在家里的人隔着窗户看我
似乎还听到有人在嘲笑我是蠢货

056

鲜花在春天以后才开始艳丽
雪花在寒冬才展示洁白
那些迁徙的鸟儿
永远不懂得季节变换的妙趣

057

能认真地吵嘴

是爱情在持续加热

两个人相敬如宾

那就是彬彬有礼的熟人

058

你穿着鲜艳的红衣服
我穿着天蓝色的外套
走在夜晚的大街上
我们的影子是同一个颜色

059

你给我按摩

从头部到眼睛再到心脏

痛点找得很准

说明这些部位也弄痛过你

060

婚姻以外的爱情像智齿
长出来就开始疼
直到把原有的牙顶得更疼
你才决心把它拔掉

061

清明节俗称鬼节

我们用香烛水果和酒

祭奠先人也祭奠鬼

说明许多鬼是我们的亲人

062

你的眼睛是深邃的湖
湖里还有一张网
我在网里
是一条摇头摆尾的鱼

063

我伏在你的诗集上
只冥想不翻开
像轻轻伏在琴上而不弹拨
心底的乐音是不能被风听见的

064

一根琴弦突然断了
决绝的声音会植入内心
即使换上了新弦
断裂的波晕也会在耳鼓里缠绕

065

活过半生才知道

爱是宗教虔诚是深情

没有时间和空间的距离

人在前半生都找不到虔诚

066

现实生活中

我看到许多人变形的影子

正在嘲笑别人的时候

回头一看我的影子也不是我的

067

一场激烈的冲突结束了
空气平和得像真理
而另一场更激烈的冲突在酝酿
那是绝对的真理

068

初春一场暴雨轰然倾泻
我使尽了力气喊了一声
我憋了一个冬天
现在才哭出来

069

冬天我不爱说话
不是怕冷
是那些与我对话的花草
被寒风吹到了南方

070

冬天一些枯草还顽强地站着
那些野花的尸体
被风吹过来翻过去
像地狱里受刑的囚徒

071

相信有爱情和自由的人
生活中不会幸福
但并不等于说
他们的人生遇到了不幸

072

握着一位老兵的手
听他讲战场上杀与被杀的人
突然悟到敌人也是人
而我正紧紧握着的是杀过人的手

073

我一直收藏着
你清水一样明媚的笑
多少年过去了
明媚已经是珍贵的文物

074

不想让你发现我和月亮对话
也不想惊动你那里的月亮
可是我一张嘴
你就在月亮里出现了

075

一只乌鸦
不会遮住我的眼睛
成群的乌鸦
会遮住太阳

076

深冬的夜里传来一声鸟叫
如果是受到了惊吓
它的尖叫声比我晚了二十年
如果是为了迎春它还不懂得虚妄

077

飞蛾被涅槃的传说骗了
勇敢地扑向火
飞蛾至死都不明白
对火的热爱是不能复生的死亡

078

画鸟的时候只有那双翅膀画不好
不生动更不鲜活
我没有翅膀
对所有的翅膀都充满嫉妒

079

一夜没听到鸟儿的叫声
夜荒凉得像一块浮冰
天微亮鸟儿就在树枝间醒来
我推开窗户和鸟儿们互致早安

080

一块石头从山上滚到河里
不是浪漫的飞翔
也不是厌倦了原来的环境
是根扎得太浅

081

据说鸟的鸣叫或歌唱只有两组曲子
一组是为了觅食争斗一组是为了求欢
由此说来我们听不懂的鸟语并不复杂
其实人类的语言也不过是这两组腔调

082

鸟的排泄物里有一粒种子
种子落地生根发芽
直至长成一棵大树
而这一切都不是鸟的本意

083

鱼塘里的鱼儿们欢快地游戏
时而在水面吐几个泡泡
养鱼人按时喂食调水温供氧气
鱼儿们不知道养鱼人内心的杀机

084

雪把大地覆盖了
像天与地又完成了一次诀别
世界不会有新的疼痛
只有麻雀的哭泣略显新鲜

085

我一直不明白蛇为什么能吃到鸟
我在电视里看到了蛇吃鸟的全过程
原来小鸟在强大的捕食者面前
已经忘记了翅膀的功能

086

对一座大山赞美和咒骂
大山都默然不动
赞美者和咒骂者的声音
只能是自娱自乐地听

087

闪电像一柄利剑刺向人间
剑身闪过雷声没来雨也没来
只有蛙鼓愉快地一阵响过一阵
也许闪电只是苍天的一个态度

088

这沉闷的冬夜
是一面闲置的皮鼓
如果没人把它擂响
我就会看到活着的死亡

089

我喜欢喝酒但不是酒徒
我爱吃牛羊肉但不是虎狼
我爱山水不是想做隐士
我还爱自己有勇气向世俗投降

090

我在河边独坐

手里拿着杀鱼的刀

月亮用一夜把刀磨得锃亮

没有一条鱼能跳到刀刃上

091

瀑布的水倚仗着身居高处
就汹涌地砸向地面
不对地面受伤的砂石花草负责
人们还愉快地欣赏这种高处的恶

092

那些横行的螃蟹
煮熟之后真是大红大紫
真像一些人
红透了就要粉身碎骨

093

钟表的时针每天转两圈
岁月就老去了一天
钟表不管人间的春秋变换
却抱怨每天都重复着无趣的工作

094

暴雨有大瀑布的架势
雨把世界变小了
众人躲到无雨的地方
把世界留给了懂雨的人

095

我推开窗户时雾霾就涌进来了

我使劲推雾霾时手却被吞噬了

雾霾肆虐天地时

人的力量就无效了

096

当良知被阉割之后
我低声说了一句恶狠狠的诅咒
话一出口我就惊恐地望天
生怕苍天也会成为告密者

097

我是一个旋转着走路的陀螺
旋转是有鞭子不停地抽打
我没见过鞭子的模样
只感觉到身上有许多条状的疼

098

失眠成了我的职业
我每天迎着旭日伸懒腰
张大嘴巴晾晒舌苔
顺便向太阳告发夜的罪恶

099

风把火吹灭时
是认为那种火烧得不合时宜
风把火吹得更凶猛时
是想借着火势对人类撒野

100

年轻时交友用加法和乘法

年近甲子的时候

喜欢用减法和除法

对有些人直接用剪除法

101

这片海被许多人阐释过
但他们描述的不是我眼里的海
像我心里想念的那个人
是我从没见过的

102

午夜在小区里闲散地走
寒冷让夜多了些诡秘
北风一直紧跟着我
像尾随我多年的侦探

103

这条海边的小路上只有我一人
一只鹰在我头顶缓慢地飞翔
没有混杂的人群
我感到了无比的安全

104

说假话成为基本的生存技能
培训说假话的机构四处横行
偶尔在阳光下听到有人说句真话
大家齐刷刷地生出潜台词：神经病？

105

我把手指向天空
是没有任何想法的动作
而一只蜻蜓惊恐地落到手指上
用透明的翅膀遮住了我手指的方向

106

妈妈家有八十多平方米的院子
我想种菜妈妈要种花
妈妈说种菜是劳动
种花是休息

107

黄河在山东的东营入海
像山里的孩子在都市安家
一边把土里土气带到都市
一边忍受又咸又涩的生活

108

被当作捕鱼工具的鸬鹚不再是鸟
工具就是被控制的器具
无论是鸟
还是人

109

房子在涨价

粮油蛋菜在涨价

有谁在意过

忧伤已涨了几十倍

110

海鸥在水面上翻飞
只为觅食和求欢
极端无聊的人
才把觅食和求欢当作风景

111

一块有动物图案的化石
心里藏着一个巨大的秘密
亿万年来它闭口不说
只把秘密的影子印在石头上

112

鸳鸯不是一夫一妻制已经被证实
而人们宁愿相信理想也不愿相信事实
人们在新婚洞房里的枕头上
依然绣着一对貌合神离的鸳鸯

113

捕鸟能手用口哨吹出各种鸟求爱的声音

声音逼真鸟就自投罗网

鸟和人一样对亲切的声音

尤其是对求爱的声音会失去警惕

114

花儿是多夫的女人
开给好人看也给坏人看
春风是一夫多妻的淫贼
吹开花朵时也催生苍蝇

115

用好的笼子和食物喂养一只鸟
它吃饱喝足就扑腾着准备逃走
因此我有了痛彻的沮丧
为什么我的爱换来的不是爱呢

116

云低得就要压着头顶了
我把手伸向更低处的酒杯
不能双脚离地任性地跑
就借二两酒精帮我飞一会儿

117

点燃一支香烟让毒素生效
饱吸一口后身体得到了安慰
吐出的烟又去毒害别人
多像一场危险的婚外恋

118

睁开眼睛就能看到墙

各种各样的墙是各种各样的恐惧

百里长墙是百里长的恐惧

三米高墙是三米高的恐惧

119

鹦鹉学舌是为了讨口好饭吃
所以再名贵的鹦鹉
只要学舌
就是低俗的玩物

120

蛤蟆的叫声是给蛤蟆圈听的
人的讲话是让人来理解的
这个夏天两种声音搅和在一起
人类和蛤蟆界都一头雾水

121

我想摸摸月亮把手伸进了水里
我想摸摸太阳把手放在了向日葵上
我想拉拉你的手
自觉地把手按在了自己的心上

122

来到一个陌生的城市呼吸的空气是旧的
点亮陌生房间的灯光是旧的
我一直要做一个崭新的人
可那些看我的目光都是旧的

123

面对一桌喝酒的人我练习装醉
面对思想家的豪迈我逼着自己是文盲
面对嘴前的话筒我学会了对口型
面对给我的掌声我轻松地使用了假笑

124

月光不是一条河
世界却飘浮在月光里
只有怀揣秘密的石头沉在水下
月光或河水并不在意隐身的事物

125

会飞的不只是鸟还有枯草和败花
不过鸟可以迎着风飞
而枯草和败花只能随风跑
风是生命力的质量检测员

126

老虎在新闻发布会上说
它一向是素食主义者
牛羊等食草动物都在替它吃草
它吃牛羊就是在吃草

127

一位曾经的领导退休后每天练书法
他想再领导笔墨纸砚一次
而那方不大的砚台
成了他永远走不到头的黑房子

128

弃我而去的人我不会再原谅他

我割舍掉的人已经被我忘却

从少年到老年是不断滤去泥沙的水

最后只剩一汪清亮的孤独

129

一群又一群候鸟从我头上飞过
鸟的叫声中带着对寒冷的恐惧
我不羡慕有翅膀的动物
我决不迁徙就在原地与冬天比冷

130

为什么人们喜欢“鸟语花香”这个词
鸟语几千年没有变化
花香几千年没有变化
好东西是不会变来变去的

131

一场大雪先把河水减去

然后把大地减去

再把房屋和天空减去

最后减去了我的眼睛

132

摊开宣纸画一幅荷花
毛笔蘸的是清水
荷花在宣纸上栩栩如生
水干了以后荷花是一张白纸

133

面对一个惯于诬告的人
我篡改一句仓央嘉措的诗句送他
“你还要耍多久的卑鄙伎俩
才能完成你无耻的一生”

134

吃进去的葡萄
像正爱着的人
无论多酸嘴里也要说甜
脸上还要荡漾着笑

135

那一次我们爬山
只差三米就能到山顶
我体力不支停了下来
多像一场不彻底的爱情

136

一只白鹭从我头上飞过
像一柄利刃把灰蒙蒙的天切开
白鹭飞走了好长时间
觉得伤口竟然在我的头上

137

去了三次漠河北极村

就是想看到童话里的北极光

三次都扫兴而归

我至今也没找到童话的入口

138

蝗虫飞翔的姿态也是很美的
可蝗虫是吃庄稼的害虫
我们的词典里
害虫什么姿态都不能是美的

139

人类习惯在没人迹的地方造故事

给星星群里安排了牛郎和织女

给月亮上安排了嫦娥和吴刚

星星月亮至今也不知道这几个地球人干了什么

140

最应该感到羞耻的人
常常是不懂得羞耻
这让我们不得不
为那些不知羞耻的人感到羞耻

141

在春天我看到一朵鲜艳的花
从树上坠落到地上
像一把被闲置的军号
再也发不出命令式的声音

142

思念的眼泪缓慢地涌出眼眶
在我臃肿的眼袋上盘桓了一下
直接掉到桌子上摔碎
我想眼泪破碎时一定很疼

143

几个老年人到香山去看红叶

一个老头儿颤颤巍巍地说

落在地上的叶子红得更纯粹些

他还捡起一片和树上的叶子比了比

144

鸟儿不懂得荣华富贵功名利禄
所以鸟儿还没到厚颜无耻的境地
我喜欢写鸟儿敢写鸟儿
就是要躲开厚颜无耻

145

一位老者把年轻时收藏的
蝴蝶标本挂在墙上
每天看几眼脱水的蝴蝶
每看一次就会泛起有水的青春

146

年轻时走过许多名山大川
记忆里却只有几场酣畅的醉酒
年纪大得走不动了
端起酒杯就映出名山大川

147

独居也是离群索居
开始是听不到隔壁的声音
后来听不到自己的声音
最后发现自己已经和自己分居

148

看一片白桦林
白白的树干上长着许多黑斑
有人说那是白桦树的眼睛
而我冒失地说那是老年斑

149

蚂蚁在树洞里建设自己的国家
而那棵树被人类伐倒了
蚂蚁在纷纷逃窜时才明白
与人类同居没有一处是安全的

150

画月亮就是用墨把纸涂黑
只留一钩白
画完了才明白
我画的是黑夜

151

铺开宣纸我要画雪
毛笔蘸饱了墨汁我却犹豫起来
用黑去表现白
我还真没有这个勇气

152

这座木质的老房子榫卯已经松散
每一根木头都有炸开的裂缝
我看到这些裂缝里藏着前人的生活
还看到了裂缝里腐朽的时间

153

睡莲晚上闭合
是在黑夜里做干净的梦
白天打开迎接太阳的同时
也接纳了灰尘和苍蝇

154

午夜听到鸟的一声惊叫
我立即把头伸出窗外
人的惊叫声已充耳不闻
鸟的惊叫让我忐忑到天亮

155

墙上的壁虎在看我
我躺在床上看壁虎
壁虎眨眼睛我也眨眼睛
这一夜我们是温暖的伙伴

156

一条从大河分流出来的小溪
流向荒野的深处并改名换姓
小溪不是大河的叛逃者
只是不想再随大河汇入咸涩的海

157

腾格里沙漠被称作沙海
我站在一个高处瞭望
像海鸥在半空中巡视
饥饿让眼睛里游动着许多鱼

158

一棵已经死去的树

我认为它还活着

我对这棵树说了很多心里话

希望梦里这棵树会来和我交流

159

月亮是个很大的容器
里边装着很多人的梦
那些不睡觉盯着月亮的人
都是在找自己曾经的梦

160

在秦岭我看到一株很红的野花
是烧透的火炭或是凝固的血
傍晚时太阳经过这株花时
羞涩着脸躲到山下

161

翻相册看到 20 岁的我
看到了单纯和清澈
我赶紧合上相册
怕他谴责我怎么长得这样庸俗

162

一匹马在腾飞

我向马致敬

尽管是在纸上飞的马

我也要向画马的人致敬

163

一个人用竹箫吹奏现代流行歌曲
摇头晃脑扭腰撅腚嬉皮笑脸
我不禁心疼起台下的观众
更心疼那根做成箫的竹子

164

友人劝我吃青菜别吃肉
理由是食草动物的性情温和
我一拍桌子说
天下就没有一头脾气好的牛

165

大雁向南方迁徙时鸣叫了一声
我抬头望着它们南去
直至它们飞得了无踪影
我的眼神还停在那一声鸣叫里

166

狂躁的秋风停息后
时间也安静了下来
枯枝落叶在大地上零乱着
像我头顶蓬乱的头发

167

我只喝烈性的高度酒
为了浸泡我诗中
使用的每一个词语
还有我的目光及骨头

168

几十年来多次梦到飞翔的鸟

而每次醒来都轻蔑地一笑

年过半百后才懊悔

我为什么一直要拒绝翅膀的邀请

169

我有三种不治之症:

怀乡

怀人

怀不屈

170

花开在树上
是献给蜜蜂的色彩
花落进流水里
就是对时间还以颜色

171

一棵树越长越高
顶端已深入虚无
匍匐在地的小草并不承认
是树梢最先接到了月光

172

蜡梅花一开大雪就来
像寒风吹不灭的一团火
可蜡梅永远不会说
自己生不逢时

173

在北京一直学说北京话
为了表明我也是北京人
其实我每说一句北京话
心里都用东北话重复一遍

174

见到一座残破的庙宇
屋顶露天一壁倒塌
端坐的佛像露出泥身
看来岁月这把刀对佛也不手软

175

参观苏小小墓

听苏小小的故事

见到了苏小小及那个时代的死

才相信苏小小及那个时代曾经活着

176

读完《史记》叹了一口气
司马迁这个汉朝人
怎么写的许多故事
是今天的非虚构

177

我没见过凤凰
也没见过凤凰树
那天夕阳把一小片树林染得金黄
我认为这就是垂死的凤凰

178

我在一座山下闲走
恰好遇到从山上下来的我
我们互相凝视
一个气定神闲一个气喘吁吁

179

屋里在开会外面在下雨

有人发言雨就敲打窗玻璃

发言人声大雨打玻璃声也大

该死的玻璃影响着我要听的声音

180

二十三岁的女儿跳到我背上
让我在屋里背她一圈
老婆厉声说：都大姑娘了还让爸爸背
我哀求地说：让她多当几天孩子吧

181

牛羊吃过的草皮很快就会长出新草
吃草吃大的牛羊
很快就成为人们的盘中肉
我从来不认为牛羊会比草高

182

在一个人的作品研讨会上
天下最伟大的词都被用一遍
晚上我把眼耳鼻舌身仔细洗干净
怕那些高贵的词弄脏了我的梦

183

每当我受到惊吓和感到疼痛时

都会自然地喊一声：“我的妈呀！”

一次妈妈说：“你都是成年人了，

遇到什么事也别再喊我了。”

184

小的时候家长和老师都告诫
谎言如砒霜千万不能碰
成人后发现很多人满嘴砒霜
而且他们的身体很健康

185

一直分不清芍药和牡丹
也分不清月季和玫瑰
而中药上它们的功用是不同的
我说的就是中药不是女人

186

我从来不怕我的敌人

正面的攻击不会伤害到我

能伤害到我的人

是我遭攻击时那些沉默的朋友

187

两个年轻的小伙子坐在路边聊天
一边说没房子结婚一边不停地抽烟
临走时充满嫉恨地把烟头
使劲摁进蚂蚁的巢穴里

188

一根火柴棍单摆着就是一个小光棍
一堆火柴棍放在一起就是危险品
火柴棍只是蕴藏着火的木头
带磷片的火柴盒才是火的接生婆

189

女人不断地更换指甲上的色彩
是在模仿各种花开的颜色
并不是她本身正花枝招展
而是在用指甲挽救她的花期

190

挣扎着去健身吃补药的人心里已住着死神
野草在秋风中枯萎已经完成了荣耀的一生
不择手段去求高官厚禄的人心底极其卑微
高枝上花朵跌落在地面是花朵自己的空难

191

看一株荷花
我只看它露出水面的那部分
水面下的淤泥是供养荷花的父母
荷花接受赞美时根本不看淤泥的委屈

192

我在读一首爱情诗
一只蚊子乘机叮咬我的脸
我挥手拍死了蚊子
脸上留下一小片玫瑰的汁液

193

一个空酒瓶站在地上
风吹来发出呜呜的叫声
它在呼唤酒还是在喊喝酒的人
或者它是为自己的空落发出悲鸣

194

一直想画一片天空
画窗前看到或夜里梦到的那部分
无论怎样努力都没能画成
那一片属于我的空白

195

湖里的水啪啪地撞向堤坝
喊着“我要出去！我要出去！”
堤坝像狱卒一样冷漠
树上的鸟儿一副事不关己的样子

196

对不喜欢的人我会忘记他的名字
不喜欢的事我会关闭耳朵与眼睛
当有人问我爱的究竟是什么时
我咬紧牙关并面带恐惧

197

灰尘是无处不在并无孔不入的

早上擦干净的书桌下午又落上了一层

我知道不可能把灰尘消灭

不断地擦拭仅是表明我对灰尘的态度

198

一只蝙蝠在我窗前飞来飞去
随后就消失在夜的深处
我看着它无踪影了也没回过神来
好像我的灵魂已经与它私奔

199

周围的人都在比聪明
没人去恪守诚信
我真想大声地喊一句
离开诚信的聪明只能用来害人

200

曾经的一个大型的机械制造厂
现在是杂草与废铁的大院
几个老人轮流住在守卫室
和这个大院一起守卫荒废的时光

201

花儿上来过几只蜜蜂
我相信花朵里有香甜的蜜
看到苍蝇也在花上爬来爬去
就怀疑花心深处藏着狗屎

202

在北京可以爬到高处
俯视这座城市并问自己是否恐高
也可以住在地下室默默无声
并压低吃方便面的声音

203

在更深夜重的一个十字路口
我借着酒精把灵魂请出来放风
一辆汽车亮着大灯驶过来
灵魂像做了贼一样蹿回我体内

204

行动笨拙了思维迟缓了
女儿说我老了妈妈也说我老了
我笑着告诉她们
一个没有思想的人是不怕老的

205

我适宜天南地北的生活
适合做诗人、酒徒或观光者
同样适合做一名出苦力的劳动者
与一座风光的城市进行日常的对抗

206

一棵树和一片草有十几米的落差
白天树用影子炫耀自己的高度
夜晚来时树找不到自己的影子
而青草也不会记得树的影子

207

一株残荷还站在池塘里得意
看不到自己已经是一块废弃的抹布
而那株干枯的躯干
连垂死的哀号都喊不出来

208

一颗牙在申请提前退休

摇摇晃晃与口腔的体制抗衡

平时不张嘴还能相安无事

稍一碰它就把口腔的体制扯疼

209

月下电线杆的影子是一把剑

楼房群的影子是一口口井

我的影子就是个怪兽

而眼泪竟然是没有影子的

210

白酒是粮食的精灵
铁锈是铁的一部分
我用这些谬论哄骗别人的时候
也在认真地骗自己

211

站着看坐着看躺着看
正着看斜着看闭眼睛看
看到的都是同一个的月亮
一些人换个角度看就不一样了

212

因为一声鸟鸣我看到一棵唯恐孤独得不够的树
听到一阵整齐的蛙鼓我认识了集体无意识的发声
看到一片飘浮的云我理解了超现实主义的天空
想起一个女人我不断谴责经验主义误导的爱情

213

石头陪伴了花草的一生
秋天一深花草就跑了
冬天的霜雪冷冷地告诉石头
花草都是陪你玩一阵不可能陪你一生

214

石鼓刻意把自己弄哑
把战场的厮杀声囚死在里面
喜庆的欢歌也憋死在里面
把当下的俗世喧嚣声挡在外面

215

月亮是个古老的酒壶
孤冷的时候揣在怀里
思念的时候挂在马背上
想喝醉时放在枕头旁

216

黄河水里带有各种泥沙
我吃着用黄河水煮的饭
喝着用黄河水酿的酒
身体里的泥沙却不再属于黄河

217

六十年来白发一直忍气吞声
告诫我不能顶着一头黑终老一生
今年几根白发终于冲了出来
我也长长地舒出了一口气

218

千佛山上有一千尊佛
我认为还少一尊
那就是等我放下俗念
立地成佛

219

大雁飞去远方
雪还没有把大地变白
风对乌鸦说再等等
你们现在还不够黑

220

第一次有勇气吃柳芽
是觉得身体里需要陌生的东西
咀嚼柳芽并咽下
那苦涩的味道却是熟悉的

221

年轻时剔牙只抠出点儿食物残渣
五十岁左右时抠出了一些凉水
近些年我有些出人头地了
在牙缝里抠出许多冷风

222

梦到自己在一条大河里游玩
一条大鳄鱼突然向我扑来
我跳到一棵大树上悬在了半空
俯视河水时才发现这条河真脏

223

梦到退休后无拘无束的生活
竟然嘿嘿嘿地笑醒了
醒了我也不把眼睛睁开
不睁眼睛的时间都是在梦里

224

花草树木把整座山给覆盖了
看不到石头和泥土
如果没听到几声鸟鸣
我会认为这座山是空的

225

我问一位佛学大师
人能成佛吗
大师说精神不死就是佛
草木一秋就是人

226

小兄弟问：如果有战争你会上战场吗

我：会！马革裹尸是男人最高尚的死

小兄弟：可是你现在 60 岁了啊

我：敌人和我之间是生与死不是年龄

227

烧透的生铁放进冷水里
水被烫得声嘶力竭
铁和水都凉透以后
铁就有了宁折不弯的品质

228

一只小蚊子搅乱一个晚上
我拿起杀虫剂满屋喷洒
杀虫剂有毒会影响我的健康
但我宁愿它死我伤

229

一朵鲜花就是一个世界

我深深吸饱一口甜

后半生只保存蜜这一种滋味

就是我和世界今后的样子

230

我站在海边看到一艘船远去了
眼前空下了一片宽阔的海
波涛已隐身到海面以下
这片干净的海正好盛下我的后半生

图书在版编目（CIP）数据

脆响录 / 商震著 . -- 北京：中国人口出版社，
2020.10
ISBN 978-7-5101-5622-9

Ⅰ . ①脆… Ⅱ . ①商… Ⅲ . ①诗集 – 中国 – 当代
Ⅳ . ① I227

中国版本图书馆 CIP 数据核字 (2020) 第 170950 号

脆响录

CUI XIANG LU

商震 著

责任编辑 姚宗桥 刘继娟
水墨配图 破老头
装帧设计 孙 初 文小婧
责任印刷 林 鑫 单爱军
出版发行 中国人口出版社
印 刷 北京精彩世纪印刷科技有限公司
开 本 889 毫米 ×1194 毫米 1/48
印 张 5.5
字 数 95 千字
版 次 2020 年 10 月第 1 版
印 次 2020 年 10 月第 1 次印刷
书 号 ISBN 978-7-5101-5622-9
定 价 42. 00 元

网 址 www.rkcbs.com.cn
电子信箱 rkcbs@126.com
总编室电话 (010)83519392
发行部电话 (010)83510481
传 真 (010)83538190
地 址 北京市西城区广安门南街 80 号中加大厦
邮 编 100054